Das letzte Picknick

A.S. Dowidat

# Das letzte Picknick

Short Storys

Bibliografische Informationen der Deutschen Nationalbibliothek: Die Deutsche National-bibliothek verzeichnet diese Publikation in der Deutschen Nationalbibliografie; detaillierte bibliografische Daten sind im Internet über http://dnb.dnb.de abrufbar.

Umschlaggestaltung:
Nico Bauer - indiepublishing.de
Umschlagbild: © beginos/bigstock.com

Herstellung und Verlag:
BoD – Books on Demand, Norderstedt

ISBN 978-3-7448-6393-3

# Das letzte Picknick

Bernd? Bernd, sag schon was! Soll ich noch mal reingehen? Ihr die Lippen feucht machen? Bernd? Da geht er einfach an mir vorbei in die Küche und sagt kein Wort. Ich stehe auf, die Tür zum Schlafzimmer ist nur angelehnt. Im Zimmer ist es hell, Bernd hat die Vorhänge vor dem Fenster beiseitegeschoben. Eben ist er kurz auf dem Klo gewesen, dann ist er gleich wieder zu Biggi rein.

Sie sieht jetzt ganz friedlich aus, wie sie so daliegt. Ihr Mund ist leicht geöffnet. Ihre Augen sind geschlossen. Bernd kommt wieder ins Zimmer. Er setzt sich auf den Stuhl an Biggis Bett und blickt sie an. Zwischendurch wischt er sich mit der Hand über die Augen. Ich stehe nur da und weiß nicht, was ich sagen soll.

Biggi will unbedingt zu Hause sterben. Regelmäßig muss sie ins Krankenhaus zur Chemo, in den Tagen danach liegt sie zu Hause im Bett, weil sie so kaputt ist. Ich krepier' nicht im Krankenhaus, sagt sie immer. Lasst mich da nicht sterben! Ich will hier sein können, wenn's so weit ist. Bernd und ich sehen uns an. Wir können ihr diesen Wunsch nicht abschlagen, doch wir haben keine

Ahnung, wie das sein wird. Irgendwann holen wir sie aus dem Krankenhaus nach Hause, der Arzt schüttelt den Kopf. Sie wissen nicht, worauf Sie sich einlassen, haben Sie einen guten Hausarzt?

Dr. Grübner kommt jeden Tag, hängt einen neuen Beutel mit Flüssigkeit an und spritzt Morphium, davon wird Biggi etwas wirr im Kopf und manchmal sogar ganz lustig. Sie spricht davon, in welch tollem Hotel sie gelandet ist und fragt uns, wer der Direktor ist. In den letzten Tagen dämmert sie nur noch dahin. Bernd wechselt ihre Windeln, wir befeuchten ihr Lippen und Mund mit Wattestäbchen, legen ihre Lieblingsmusik auf, wechseln uns ab, bei ihr im Zimmer Wache zu halten, falls irgendetwas ist, sie vielleicht mehr Schmerzmittel braucht. Morgens geht Bernd runter und holt uns was zum Frühstücken aus dem Kühlschrank. Seit mehr als zwanzig Jahren betreibt er *Die Palette*, eine kleine Kneipe, darüber wohnt er mit Biggi in einer Zweizimmerwohnung. Als er Biggi zum Sterben nach Hause holt, hängt er ein Schild an die Tür: Wegen familiärer Angelegenheiten geschlossen.

Zwischen Bernd und Biggi fliegen manchmal die Fetzen, Biggi zieht aus und kommt irgendwann wieder zurück, Bernd steht in der Zwischenzeit mit grimmigem Blick hinter dem Tresen und knallt jedem das Bierglas hin. Bei

Bernd kann man nie sicher sein, ob er etwas im Scherz meint oder ernst. Mit Biggi bin ich zusammen zur Schule gegangen, irgendwann weiß Bernd auch, dass ich früher mal was mit Biggi gehabt habe, doch das war lange vor seiner Zeit.

Jetzt sitzen wir beide an ihrem Bett. Man muss wohl Dr. Grübner anrufen, damit er den Totenschein ausfüllen kann. Und den Bestatter, Spellmann, den Bernd gut kennt, er hat sein Geschäft um die Ecke, und ab und zu kommt er vorbei und gibt seinen Sargträgern einen aus.

Bernd?

Er sitzt da und blickt auf Biggi. Dann sieht er mich an, doch er sagt nichts.

Bernd, soll ich Dr. Grübner… oder Spellmann…?

Er sieht wieder auf Biggi.

Nee, warte, sagt er. Nicht so schnell. Ich habe der Biggi noch was versprochen.

Bernd kann auf mich zählen. Als Biggi zum Sterben nach Hause kommt und noch klar im Kopf ist, spricht sie öfter davon, wie gerne sie noch einmal am Flussufer wäre. Auf der Wiese sitzen, die Schiffe in der Nähe der Schleuse beobachten und in den Himmel blicken, wenn langsam die Sonne versinkt. Montags, wenn die

Palette geschlossen ist, haben wir ab und zu am Ufer in der Nähe der Brücke gegrillt. Einmal bin ich mit Bernd dort alleine gewesen, Biggi war wieder mal ausgezogen. Bernd zeigte mir einen Baum, an dessen Rückseite B & B 1992 eingeritzt ist.

Bernd?

Sag schon, was hast Du ihr versprochen?

Wir nehmen Bernds Wagen, einen alten Mercedes-Kombi. Es ist ein milder Spätsommertag, vielleicht besser so, dass es nicht mehr so warm ist. Bernd hat Biggi ihr Lieblingskleid angezogen, dazu die roten Schuhe, die er ihr zum letzten Geburtstag geschenkt hat. Bernd fährt den Wagen in den Hinterhof. Dann trägt er Biggi die Treppe herunter, sie wiegt ja kaum noch was. Doch ihr Gesicht sieht immer noch hübsch aus, auch wenn sich die Nase bereits spitz abzeichnet.

Bernd setzt sie auf den Rücksitz, ich setze mich neben sie, ihr Kopf lehnt am Türrahmen und Bernd deckt sie mit ihrem leichten Sommermantel zu. Während der Fahrt droht sie ein paarmal zur Seite zu kippen, ich rücke näher an sie heran, ihr Kopf fällt auf meine Schulter.

Unterwegs hält Bernd an einer Tankstelle und besorgt ein paar Flaschen Bier und etwas zu essen. Ich bleibe mit Biggi im Auto. An der

Tankstelle ist viel los, ich bin froh, als Bernd endlich zurückkommt und mir eine volle Tüte nach hinten reicht. Dann stecken wir mitten im Berufsverkehr fest, es geht nur noch schrittweise voran. Links schiebt sich ein Fiat vorbei, der Fahrer stiert geradeaus, auf der Rückbank sitzt ein kleiner Junge, der herüberblickt und anfängt, Grimassen zu schneiden. Ich strecke ihm die Zunge heraus und warte darauf, dass Biggi das ebenfalls macht.

Bernd lässt den Wagen auf der Wiese ausrollen, auf dem Uferpfad läuft ein Pärchen Hand in Hand, es beachtet uns nicht. Wir warten trotzdem, bis sie außer Sichtweite sind. Dann öffnet Bernd die Tür, steigt aus, öffnet die hintere Tür, hebt Biggi heraus und läuft mit ihr auf dem Arm zum Flussufer hin. Ich nehme die Tüte und gehe zum Kofferraum, öffne ihn und hole die Decken und die Klappstühle heraus. Kurz stutze ich, dann folge ich den beiden voll beladen.

Es ist etwas schwierig, Biggi auf den Klappstuhl zu setzen, sie kippt immer wieder zur Seite und droht dann, ganz herunterzurutschen; schließlich setzen wir uns so nah neben sie, dass wir ihren Rumpf mit unseren Schultern einklemmen. Biggis Kopf liegt auf Bernds Schulter. Ich öffne drei Flaschen Bier, dann erst fällt mir ein, wie unsinnig das ist. Ich reiche eine Flasche zu

Bernd hinüber. Die dritte Flasche stelle ich auf den Boden neben Biggis Stuhl. Wir prosten ihr zu. Für einen kurzen Moment überfällt mich das Gefühl, dass sie gleich aufwacht, nach der Bierflasche greift, und Überraschung! ruft.

Eine Weile sitzen wir schweigend da und blicken den Schiffen nach, die vorbeifahren. Manchmal winkt jemand, und wir winken zurück. Als es kühler wird, legen wir uns die Decken über den Schoß. Bernd achtet darauf, dass auch Biggis Beine unter einem Stück Decke verschwinden. Der Himmel ist in ein glühendes Orange-Rot getaucht. Irgendwann bekommen wir Hunger und Bernd packt den Kartoffelsalat aus. Mit Plastikgabeln löffeln wir den Salat aus der Schale.

Kannst Du sie mal halten? Bernd rutscht auf seinem Stuhl nach vorne, ich lege meinen Arm um Biggi. Sie fühlt sich komisch an, kurz erschrecke ich, dann fällt mir etwas ein, an das offenbar keiner von uns gedacht hat, wir haben da ja keine Erfahrung. Bernd steht auf und geht zu der Baumreihe, die das Ufer säumt.

Nach einer Weile kommt er zurück, ich sehe noch, wie er sein Messer wieder in der Hosentasche verstaut. Wird langsam kalt, sagt er.

Du meinst, wir sollten wieder? Mhhm, ich glaub nur …, fühl mal Biggis Arm.

Der Arm lässt sich kaum noch bewegen. Bernd kratzt sich am Hinterkopf. Dann grinst er.

So blöd, wie wir sind. Sie hätte sich totgelacht.

Es ist klar, dass wir sie jetzt nicht mehr so einfach auf die Rückbank setzen können. Und in den Kofferraum will Bernd sie auf keinen Fall legen. Wir haben keine Ahnung, wie lange es dauern wird, bis die Starre sich wieder löst. Schließlich holt Bernd sein Smartphone heraus und googelt.

Gott im Himmel, ruft er. Das kann noch zwei Tage so bleiben. Er blickt mich an.

Mensch, Biggi. Jetzt auch noch das.

In der Nacht liege ich lange wach. Bernd hat mich gebeten, ihn noch eine Weile mit Biggi alleine zu lassen. Dann wollte er versuchen, sie irgendwie auf die Rückbank zu legen und mit einer Decke zuzudecken. Als ich mit der Straßenbahn über die Brücke gefahren bin, habe ich noch einmal zum Fluss hinab gesehen. Da saßen sie und von Weitem sah es so aus, als blickten sie gemeinsam aufs Wasser.

Drei Tage später ist die Beerdigung. Es regnet, und als sich der Sarg in die Erde senkt, habe ich den Eindruck, dass Bernd vor sich hin grinst. Er hat mir nie gesagt, was er ihr eigentlich genau versprochen hat.

Doch hat Biggi nicht einmal wie im Scherz gesagt, man solle sie nahe am Fluss begraben, mit Blick auf die Schleuse?

# Herr Becker macht kehrt

18.50 Uhr, der Zug fährt in Nancy Ville ab. Madame Zaoui, Souhad Zaoui, schlägt die Akte auf, rückt die Brille zurecht, eine knappe Dreiviertelstunde bleibt ihr bis zum Umstieg in Metz. Das reicht, den Schriftsatz im Entwurf zu formulieren, Stichpunkte auf das Papier zu werfen, den Laptop lässt sie noch in der Tasche.

Madame Zaoui, Souhad Zaoui, Tochter algerischer Einwanderer, wohnhaft in Nancy, Rue Claude Debussy, Rechtsanwältin und spezialisiert auf Gerechtigkeit, wenn die auch immer weniger zu haben ist, die erste, die studieren konnte aus ihrer Familie, der Stolz ihres Vaters und ihrer Mutter, die hart kämpften ums tägliche Brot. In Saarbrücken wohnt ihre jüngere Schwester, Oberärztin am dortigen Klinikum, die vor bald dreißig Jahren einen Deutschen geheiratet hat, sie freut sich, sie einmal wiederzusehen, die Arbeit lässt ihr nicht viel Zeit, auch wenn es nur ein Sprung ist über die Grenze. Madame Zaoui liest und notiert, eine Rentensache, da sollen Arbeitszeiten in Deutschland nicht anerkannt werden bei der Rentenauszahlung, der Behörde liegen angeblich die nötigen Unterlagen nicht vor.

19.06 Uhr Pont-a-Mousson, sie blickt kurz auf, der Zug ist pünktlich, der Umstieg in Metz wird hoffentlich klappen. Ein älterer Mann in der Reihe vor ihr kramt in seinem Rucksack, Madame Zaoui ist schon wieder in ihre Akte vertieft.

Herr Becker, Horst Becker, wohnhaft in Saarbrücken, Ürziger Weg, Sohn von Vertrieben und selbst mit eineinhalb Jahren hinausgeworfen aus seinem Kinderzimmer und seinem Heimatdorf an der Warthe, Herr Becker holt den Stadtführer aus dem Rucksack, er liest noch einmal nach, was dort über das Schloss steht und über diesen Stanislaus Leszczyński, König von Polen, in Nancy im Exil, gestorben mit 88 Jahren, weil seine Kleidung sich am Kaminfeuer entzündete.

19.13 Uhr, Pagny-sur-Moselle, junge Leute drängen in den Wagen, belegen die Plätze direkt hinter Madame Zaoui, es wird laut, doch das ist sie gewohnt, sie kann auch so arbeiten, alles um sich vergessen und wegdrängen, nur den Fall im Kopf, Monsieur Lemonnier wird eine höhere Rente bekommen, das steht fest, die Zeiten, die er in Deutschland gearbeitet hat, müssen anerkannt werden, daran gibt es nichts zu rütteln, sie wird Nachweise anfordern bei seinem Arbeitgeber, den es glücklicherweise noch gibt.

Nach seinem Tod sei Stanislaus in Nancy beigesetzt worden, liest Herr Becker, später erst seien seine sterblichen Überreste nach Polen überführt worden. Er schlägt das Buch zu, verstaut es wieder im Rucksack, blickt aus dem Fenster. Das Schloss in Nancy hat er nun endlich einmal besichtigt, seine eigene Urgroßmutter eine geborene Leszczynska, angeblich soll es familiäre Verbindungen geben zu diesem Stanislaus. Das hat ihn früher nie interessiert, wie ihn auch die Erzählungen seiner Mutter nie interessiert haben, wenn sie über Heimat sprach, den Krieg, die Flucht quer durch Deutschland, an die er überhaupt keine Erinnerung hat.

19.28 Uhr, Metz Ville, der Zug leert sich und füllt sich neu. Madam Zaoui ist ausgestiegen, die Tasche über die Schulter gehängt, die Akte unter den Arm geklemmt, ein warmer Sommerabend, sie geht auf dem Bahnsteig auf und ab, formuliert im Kopf weiter. Herr Becker steht ebenfalls auf dem Bahnsteig, hat noch einmal den Stadtführer aufgeschlagen. Eine Tochter von Stanislaus, Maria Leszczyńska, war Königin von Frankreich, und hieß nicht auch seine Urgroßmutter Maria? Seit einiger Zeit interessiert sich Herr Becker für die Familiengeschichte, hat, seit er in Rente ist, mehr Zeit dafür. Mit seiner Frau will er nach Polen reisen, sein Heimatdorf besuchen, von Berlin aus kann man mit der Bahn bis Landsberg, heute Gorzów, fahren, mit Umstieg in

Küstrin, heute Kostrzyn. Seine Frau stammt aus dem Saarland, auch er fühlt sich heimisch dort, doch dann gibt es noch ein anderes Gefühl, als ob da noch etwas wäre, weit im Osten, was ihn unbedingt anginge, seine Wurzeln, als sei er ein Baum, den man umgepflanzt habe in ganz jungen Jahren, der neu angewachsen sei und in neuer Erde kräftig gewachsen, doch je älter er wurde, war dort eine Sehnsucht. Eine andere Erde, eine Landschaft, an der seine Mutter so gehangen hatte, wohin sie gleich nach der Wende gefahren war, als das wieder möglich war. Seiner Frau wollte er die Gegend zeigen, an die er sich selbst nicht erinnern konnte, er war ja noch klein gewesen, als erst die Russen, dann die Polen ins Dorf kamen und schließlich alle, die noch übrig waren von den Deutschen und bis dahin ausgeharrt hatten, bis alle von ihnen das Dorf verließen auf dem langen Treck, bei dem er von seiner Mutter auf dem Rücken getragen wurde, seine Schwester auf dem kleinen Handwagen sitzen durfte, wenn sie nicht mehr konnte und die älteren Brüder hatten abwechselnd gezogen.

19.38 Uhr, der Zug verlässt den Bahnhof von Metz, er fährt durch bis nach Saarbrücken, nur wenige Male am Tag gibt es diese durchgehende Verbindung ohne zusätzlichen Umstieg in For-bach. Ihr Telefon klingelt, es ist ihre Tochter, für niemanden sonst würde Madame Zaoui jetzt ihre Arbeit unterbrechen, sie hat den Laptop schon eingeschaltet, die ersten Sätze getippt, Monsieur Lemonnier soll Gerechtigkeit widerfahren. Unbedingt will ihre Tochter in Zéralda heiraten, am Meer, wovon die Großmutter immer schwärmte und in so reichen Farben erzählte, bis ihre Tochter es nicht mehr aushalten konnte und darauf drängte, endlich einmal hinfahren zu dürfen um den Strand zu sehen, das Wasser, die Sonne, um die Wärme auf ihrer Haut zu spüren, den Wind, der durch die Haare streicht, und das Salz des Meeres zu riechen. Als ob ihre Tochter von einer Sehnsucht getrieben würde, denkt Souhad Zaoui manchmal, von einer Sehnsucht, die sie selbst nie gespürt hat, sie wollte es unbedingt schaffen in Frankreich, sie, auf die ihre Eltern so stolz waren.

Herr Becker hat das Buch zugeschlagen, er blickt aus dem Fenster, der Zug hält in Rémilly, dann in Faulquemont, hinter ihm telefoniert eine Frau auf Französisch. Dieser weite Himmel, hat seine Mutter immer gesagt, das kannst Du Dir gar nicht vorstellen, ein Himmel so weit wie das Meer. Und als Kinder sind wir jeden Tag im See geschwommen, der direkt hinter dem Haus war.

Herr Becker möchte den See finden, die Straße, in der das Geburtshaus seiner Mutter stand, wenn es überhaupt noch da ist, und sein eigenes Geburtshaus im Nachbardorf. Vielleicht macht er einen Polnischkurs an der Volkshochschule, ein paar Wörter und Sätze lernen, das kann sicher nicht schaden. Das Telefonat hinter ihm ist beendet, die Frau hat sehr schnell gesprochen und sehr erregt, doch dass es um eine Hochzeit ging und eine Reise zu organisieren sei, das hat Herr Becker verstanden. Ein paar Reihen vor ihm unterhalten sich zwei jüngere Männer, deren Sprache er nicht versteht. Kehlige Laute, wahrscheinlich Arabisch, denkt Herr Becker, er hat sie schon auf dem Bahnhof in Metz gesehen. Das wird er nicht mehr lernen, das ist eine ganz andere Schrift, auch in Saarbrücken hat er diese Schrift schon einmal an einem Geschäft gesehen. Er blickt wieder aus dem Fenster, hängt seinen Gedanken nach, kann ein Mensch zwei Heimaten haben, dort wo er geboren, und dort, wo er aufgewachsen ist?

St. Avold, der Zug ist nur spärlich besetzt um diese Zeit, einer der Männer vor ihm telefoniert, er spricht ziemlich laut, könnte er die Sprache verstehen, würde Herr Becker alles mitbekommen. Madame Zaoui hebt den Kopf vom Bildschirm, der Schriftsatz ist fertig, Montag geht er in die Post ans Gericht, in Kopie an Monsieur Lemonnier, am morgigen Sonntag will sie nicht an die Arbeit denken, sie wird den Tag mit ihrer

Schwester verbringen und deren Mann und abends wieder zurückfahren. Vorne telefoniert ein Mann auf Arabisch, sie hört nicht hin, klappt den Laptop zu, verstaut ihn in ihrer Tasche neben den Akten, lehnt den Kopf zurück und schließt die Augen. Der Zug fährt jetzt langsamer, dann hält er auf freier Strecke, doch es gibt keine Durchsage. Madame Zaoui blickt kurz aus dem Fenster, es muss vor Béning sein, dann dauert es noch bis Saarbrücken.

Herr Becker sieht auf die Uhr, schon kurz nach halb neun, den Straßenbahnanschluss am Hauptbahnhof wird er nicht mehr schaffen. Da fährt der Zug wieder an, es gibt eine Durchsage, in Béning werde es einen längeren Aufenthalt geben. Warum ausgerechnet in Béning, denkt Souhad Zaoui, in Forbach könnte man wenigstens umsteigen. Sie sollte ihrer Schwester Bescheid geben, die sie vom Bahnhof abholen will.

Dann fährt der Zug in Béning ein, langsamer als gewöhnlich, fast im Schritttempo, auf dem Bahnsteig steht Polizei. Oder sind das Soldaten? Mit schusssicheren Westen und Maschinengewehren quer über der Brust, das Barett scharf auf dem Kopf. Der Zug hält und niemand steigt aus, Herr Becker blickt aus dem Fenster, dann auf die Uhr, viertel vor neun, die Frau hinter ihm telefoniert schon wieder. Herr Becker wird unruhig, weggerissen aus seinen Gedanken an einen See hinterm Haus, an einen Weg, den seine Mutter mit vier Kindern gezogen ist quer durch Deutschland, stój und dawaj dawaj, das hat sie damals gelernt von den Russen, das war überlebenswichtig. Doch was wird das hier, keine Durchsage, keine Informationen, wollen die jemanden verhaften, wird der Zug jetzt durchsucht? Letzte Woche der Anschlag, es wird noch nach den Mittätern gesucht, fällt es Herrn Becker ein, das war doch gar nicht weit weg. Vielleicht ist jemand im Zug, jemand, der gefährlich ist, schießt es Herrn Becker durch den Kopf.

Madame Zaoui wird ein Taxi vom Bahnhof nehmen. Sie hat ihrer Schwester Bescheid gegeben, dass sie nicht weiß, wie sehr der Zug verspätet sein wird. Von der Polizei hat sie nichts gesagt, sie will ihre Schwester nicht beunruhigen. Da stehen sie in ihren Uniformen und mit ihren Gewehren und können doch nichts ausrichten, denkt sie und regt sich auf. Da stehen sie nun überall auf den großen Bahnhöfen, bewaffnet, als ob sie Krieg führen wollten, der Staat versucht, Stärke zu zeigen. Und jetzt sogar in Béning.

»Quel idiot!« denkt sie und meint den Staatspräsidenten, einen Krieg zu erklären, wo noch längst keiner ist oder jedenfalls nicht so wie man das bisher kannte, quel idiot, dieser Präsident, der mit seiner Kriegsrhetorik ausgerechnet die auszeichnet, denen nicht mehr zu helfen ist, die verloren sind, die sich aber als Kämpfer fühlen können, wenn alle Welt sie so nennt und nicht nur die eigenen Leute. Wer weiß schon, was im Kopf verwirrter Teenager und gescheiterter Männer vor sich geht, denkt Madame Zaoui, nur der Präsident scheint das ja genau zu wissen. Am liebsten hätte sie ihm geschrieben, diesem Präsidenten der Dummheit, wie sie ihn nennt, in ihrer geschliffenen Sprache, ihm seine Dummheit vor Augen geführt, doch, »maman, cela n'a pas de sens«, meinte ihr Sohn und er hat ja so recht.

Die zwei Männer vor ihm unterhalten sich wieder, ziemlich laut, denkt Herr Becker, und klingt es nicht auch aggressiv? Jetzt kommt noch ein dritter dazu vom Gang, offenbar kennt er die beiden anderen, er schüttelt den Kopf und gestikuliert, was er sagt, versteht Herr Becker nicht, er trägt einen Rucksack, keine drei Meter von Herrn Becker entfernt steht er, so nah, was hat der überhaupt in seinem Rucksack?

Die Männer reden sehr laut, Madame Zaoui versteht jedes Wort, kann auch nicht mehr weghören, sie haben Angst zu spät zu kommen, zu spät zu einer Verabredung offenbar, einer von ihnen telefoniert, legt dann das Handy weg, nein, es geht ihr schon besser, sie haben sie verlegt von der Intensivstation, sie ist noch schwach, aber es geht ihr besser, Allah sei gepriesen. Vielleicht die Mutter, denkt sie, vielleicht sind es ihre Söhne, sie blickt kurz hinüber.

Allah, hat er nicht Allah gerufen, das jedenfalls meint Herr Becker verstanden zu haben und überlegt, ob er nicht besser aufstehen und den Wagen verlassen soll. Auf dem Bahnsteig steht die Polizei mit Maschinengewehren, immer noch, die haben wohl noch nicht den gefunden, den sie suchen. Letzte Woche nach dem Anschlag war ihr danach, in eine Kirche zu gehen, ein Zeichen der Solidarität zu setzen, irgendetwas, um das Gefühl ihrer Erschütterung auszudrücken, doch man wollte sie nicht hineinlassen. »Pardon, madam«, ihren Ausweis sollte sie zeigen, sie zuckte kurz, etwas zu erwidern, ließ es dann lieber, zeigte den Ausweis, wer waren die eigentlich, ihr den Eintritt zu verwehren, sie sah in junge Gesichter, angespannt, hart, das Maschinengewehr baumelte vor der Brust. Was für Zeiten sind das, muss man nicht jeden Tag damit rechnen, dass es noch schlimmer wird?

Ein Mann läuft über den Bahnsteig, mit einem Rucksack, der muss ausgestiegen sein, aber ein anderer Zug ist weit und breit nicht zu sehen, es kann wohl noch lange dauern, bis sie in Saarbrücken ist.

Da rufen sie hinter ihm her, stehenbleiben solle er, Herr Becker geht noch zwei Schritte, das Rufen wird lauter, drängender, »Monsieur, arrêtez-vouz!« Da macht er kehrt, da dreht er sich um und geht ihnen entgegen, erschießen werden sie ihn ja wohl nicht.

# Meine Großmutter fuhr Motorrad

Mir fallen die alten Fotos ein. Auf einem von ihnen steht meine Großmutter vor der Schänke am Brückenkopf. Mütze und Motorradbrille auf dem Kopf, lacht sie in die Kamera. Sie trägt einen langen hellen Mantel, darunter Hosen mit engem Saum, flache Sportschuhe. Auf einem anderen Foto mein Großvater. Er lehnt am Motorrad, mit kurzer Jacke und schweren Stiefeln, auf dem Kopf die Lederkappe. Das Motorrad hat einen gefederten Sitz und ist mit dem Hinterrad aufgebockt. Da waren wir oft, hat mir meine Großmutter einmal erzählt, jeden Sonntag ging's über die Brücke, vorher ein kleiner Zwischenstopp, dann weiter, manchmal bis Holland und wieder zurück. Irgendwo wurde Picknick gemacht auf einer Wiese, da hatten wir schon den Seitenwagen, erzählte sie, als sie mir das Foto zeigte, auf dem sie gerade ein Ei pellt. Mein Großvater sitzt neben ihr und beißt in ein Butterbrot. Das hat die Hanny fotografiert, die Hanny und der Max hatten auch schon Seitenwagen, erklärte mir Großmutter. Die Hanny und den Max habe ich nie kennen gelernt und Großmutter ist auch schon lange tot.

Ich komme nicht weiter. Nicht so. Wir schweigen. Vor uns die Biergläser sind wie Barrikaden aufgebaut. Beide sind noch fast voll. Seit einer Stunde sitzen wir hier. Und schweigen mehr, als dass wir reden würden. Ich wollte reden, unbedingt. Ein Gespräch führen, das klären soll.

Was soll das bringen, hat Thorsten gesagt.

Ich will so nicht weiter, habe ich nur gedacht und den Ort vorgeschlagen. Hinter mir steht eine alte Stechuhr. Über Thorsten hängen ein Grubentelefon und eine Spitzhacke an der Wand. Ich mag diesen Ort und seine Einrichtung. Vielleicht erinnert er mich an früher, als ich noch nicht lebte. Mein Großvater war Bergmann, aber erst später, im Krieg. Davor war er jahrelang arbeitslos. Da lud er sein Schifferklavier auf das Motorrad, packte meine Großmutter in den Seitenwagen, und dann fuhren sie über die Brücke auf die Dörfer. Er spielte für ein paar Pfennige in Kneipen, meine Großmutter musste aufpassen, dass er nicht zu viel trank, wie hätten sie sonst zurückkommen sollen. Mein Großvater musste aufpassen, dass die Arbeitsverwaltung nichts mitbekommt, sonst hätte sie die Unterstützung gestrichen, sie fuhren immer weiter hinaus, dort kannte sie niemand.

Auch auf den Fotos aus dieser Zeit lacht meine Großmutter in die Kamera.

Was willst du denn?, fragt mich Thorsten.

Weiß ich das? Ich weiß, dass ich so nicht weiter will, so im Unverbindlichen. Thorsten besucht mich, fährt über die Brücke, die nach dem Krieg wieder aufgebaut wurde, bleibt über Nacht, ich besuche Thorsten, fahre über die Brücke, die heute einen anderen Namen hat, bleibe über Nacht, Begrüßungsküsse, Abschiedsküsse, bis zum nächsten Mal. Seit sechs Monaten geht das so. Für Thorstens Familie existiere ich überhaupt nicht, er spricht nicht von mir.

Was soll ich sagen, wer du bist, hat er gesagt, ich will keine Beziehung. Thorsten ist nicht der Typ für das Klassische, Ehe, Familie, Kinder, irgendwann ein eigenes Häuschen. Das wusste ich. Was wollte ich eigentlich von ihm? Vielleicht weiß ich das nicht mehr genau. Das alkoholfreie Bier schmeckt schal, ich trinke es in kleinen Schlucken.

Sie habe ihn sich einfach geangelt, hat meine Großmutter einmal erzählt. Hat ihn einfach gefragt, ob sie mal mitkommen könnte auf eine Tour. Dann saß sie hinten auf dem Motorrad und ist nicht mehr abgestiegen. Drei Wochen später wurde Verlobung gefeiert, ein halbes Jahr später die Hochzeit. Irgendwann konnten sie sich den Seitenwagen kaufen, da saß sie dann nicht mehr nur hinter ihm. Er hat ihr gezeigt, wie man Motorrad fährt, sie hat es ausprobiert. Zuerst auf einsamen Feldwegen außerhalb der Stadt, früh am Morgen. Dann nahm sie Fahrunterricht, aber sie fiel durch die Prüfung. Ich war wohl zu nervös, erzählte sie lachend, aber was soll's, Hauptsache, ich konnte fahren. Für alle Fälle, erklärte sie mir verschmitzt, besser, ich fahre ohne bestandene Prüfung als Großvater, der zu viel getrunken hat. Einmal musste ich dann tatsächlich fahren, sagte sie.

Noch eins? fragt der Kellner, der an unserem Tisch vorbeikommt. Ich nicke. Thorsten kippt das halbe Glas herunter, dann nickt er auch.

Du weißt, dass ich mich nicht binden will, aber ich lasse dir alle Freiheiten, sagt Thorsten. Und was mache ich damit? frage ich mich. Thorsten gefiel mir, seine weiche Stimme, seine schlanken Hände, wie er sich beim Tanzen bewegte. Wir lachten uns zu, dann standen wir zusammen bei den Getränken, er goss mir das Glas voll und mir gefiel, dass er das Bier nicht aus der Flasche, sondern ebenfalls aus dem Glas trank. Wir saßen auf einem roten Sofa bei einem Kollegen, tranken Bier und unterhielten uns fast die halbe Nacht über alles Mögliche.

Großvater hatte zu viel getrunken, erzählte sie; er hatte in irgendeiner Dorfkneipe gespielt, es war spät geworden, aber wir hatten ganz ordentlich verdient. Der Wirt war großzügig, wenn

Großvater spielte, wurden die Leute lustig und tranken mehr. Leider auch Großvater, dem der Wirt immer wieder ein neues Bier hinstellte. Es wurde später und später und er konnte unmöglich noch fahren. Da habe ich mir gesagt, Lisbeth, du kannst genauso gut fahren, hier weiß schließlich keiner, dass du keinen Führerschein hast, erzählte Großmutter. Also habe ich Großvater in den Seitenwagen verfrachtet, der Wirt lachte, er sagte, gut dass Sie fahren können, eine Frau und eine so schwere Maschine, alle Achtung. Das Schifferklavier wurde hinten auf dem Gepäckträger festgebunden und los ging's.

Ich fühle mich zu nichts verpflichtet, meint Thorsten, das habe ich dir von Anfang an gesagt.

Ich weiß, sage ich. Dann schweigen wir wieder.

Ich rief Thorsten drei Tage nach der Party an, wir verabredeten uns in der Stadt, ich fuhr über die Brücke, auf der anderen Seite an dem Brückenturm vorbei, wo früher die Schänke war und Großvater das Motorrad aufgebockt hatte. Wir bummelten durch die Stadt, dann bekam ich Hunger und zog Thorsten in die Kneipe, in der wir jetzt sitzen. Danach gingen wir zu ihm und ich fuhr erst am nächsten Tag wieder über die Brücke zurück. Ich glaube, ich wollte ihn mir angeln. Ich nippe am Bierglas, mit der Zunge lecke ich mir den Schaum von den Lippen. Was mache ich mit meiner Freiheit, über die Brücke zu fahren, wann ich will, frage ich mich. Ich weiß, dass Thorsten nicht mit mir zusammenziehen will, dass er wohl überhaupt mit keiner Frau zusammenziehen würde. Das funktioniert für mich nicht, hat er mal gesagt, ich bin zu eigen, ich brauche meinen eigenen Rhythmus. Als der Kellner eben kam, wollte ich ihn eigentlich fragen, wie er sich das weiter vorstellt. Ich will keine Freiheiten, die ich nicht brauche.

Ich fuhr mit Großvater durch die Nacht, erzählte Großmutter. Er war eingeschlafen und schnarchte, das konnte ich sogar durch das Motorengeknatter hören. Und ich lenkte das Motorrad über die Landstraße. Erst nicht besonders schnell, aber auch nicht zu langsam, das hätte ja auffallen können. Großmutter grinste, wenn sie das erzählte. Erst saß ich kerzengerade und steif auf der Maschine, dann beugte ich mich über den Lenker wie eine Rennfahrerin und fuhr schneller. Das machte richtig Spaß. Gut, dass Großvater davon nichts mitbekam. Es war eine sternklare Nacht und als wir über die Brücke fuhren, sah ich den leuchtenden Vollmond, erzählte Großmutter. Da musste ich plötzlich laut lachen und konnte nicht mehr aufhören. Ich fuhr juchzend und lachend über die Brücke und Großvater schnarchte immer noch im Seitenwagen. Und zu schnell fuhr ich auch. Immer wenn Großmutter das erzählte, dachte ich, wie glücklich muss sie mit Großvater gewesen sein.

Ich habe das zweite Glas Bier ausgetrunken. Irgendwie bringt das hier nichts, denke ich. Eigentlich weiß ich, dass ich mit Thorsten nicht weiterkomme. Nicht so weiterkomme, wie ich es mir wünschen würde. Überhaupt mit einem Mann wünschen würde. Dass Thorsten dafür nicht der Richtige ist, wusste ich eigentlich von Anfang an. Ich habe jetzt große Lust, über die Brücke zu fahren. Lass uns zahlen, sage ich zu Thorsten. Er blickt etwas überrascht, er hat noch gar nicht ausgetrunken.

Kommst du noch mit? fragt er mich.

Ich glaube, heute nicht, sage ich. Das »heute« ist mir so rausgerutscht, das hätte ich weglassen können. Wir zahlen, stehen auf, draußen steht mein Motorrad. Ein Abschiedskuss noch, bis dann, ja, bis dann.

Ich fahre durch die Stadt, dann bin ich endlich auf der Brücke, ich drehe den Kopf und sehe den Vollmond, der am Himmel über den grün leuchtenden Schornsteinen der Stadtwerke hängt. Auf einmal muss ich laut lachen und kann nicht mehr aufhören.

# Sonntag

Der Alte war schon den ganzen Tag im Haus herumgelaufen. Im Wohnzimmer immer um den großen Tisch herum, als wolle er Karussell spielen, die Treppe wieder hinauf, stand auf dem Absatz, machte kehrt, ging die Treppe wieder hinunter, dann wieder hinauf, als könne er nur durch dieses wiederholte Hinauf- und Hinabsteigen eine Ordnung wiederherstellen, die ihm schon lange verlorengegangen war.

Ihn nervte das, er konnte das nicht ertragen, das mit ansehen zu müssen, immer auch die Angst, der könnte dann auf der Treppe stolpern, fallen, unten aufschlagen, und dann wäre alles vorbei. Vielleicht dachte er auch das, es müsste ihn erschrecken, wenn er das dächte. Er rief nach seiner Frau, sie solle doch endlich herunterkommen, sich kümmern, die Vase auf dem Tisch würde der gleich umstoßen, es ist doch nicht mein Vater, rief er.

Nach einer Weile kam sie herunter, ging in die Küche, er hörte den Wasserhahn, dann das Klappern von Geschirr, der Alte lief um den Tisch herum, immer um den Tisch herum, er selbst hatte sich auf den Sessel am Regal gesetzt, der abseits stand. In der Boxengasse, dachte er, ich sitze in der Boxengasse.

Dann kam sie, sie trug einen kleinen Teller, auf dem lagen ein Apfel und das Obstmesser, nahm den Alten am Arm, führte ihn zum Sofa, komm, sagte sie, setz dich, für heute ist es genug. Dann saß er auf dem Sofa, wippte unruhig hin und her, sie legte ihm die Hand auf die Schulter, komm sagte sie, ich schneide dir einen Apfel auf, Vitamine brauchst du. Sie schälte den Apfel, schnitt ihn in dünne Scheiben, er wippte und sah irgendwohin, wo etwas war, das nur er sah.

Warum sitzt du dahinten, rief sie herüber, er fühlte sich gestört, er hatte alles wie in einem Film beobachtet, er brauchte diese Distanz, die in einem Wohnzimmer gerade noch möglich war. Er wollte nicht den Sabber sehen, der dem Alten in dünnen Fäden aus dem rechten Mundwinkel hing.

Ich kann den Film einlegen, sagte sie, aber es war keine Aufforderung, etwas dazu zu sagen, sie machte es sowieso, egal, was er dazu gesagt hätte.

Er blieb in seiner Ecke, sie stellte den Teller, den sie auf ihrem Schoß gehabt hatte, auf den Tisch zurück, stand auf, machte den Schrank auf, holte die Kassette heraus und schob sie in den Videorekorder. Der Alte beobachtete sie, sein Wippen war ruhiger geworden, jetzt schaukelte er seinen Oberkörper langsam hin und her und sah ihr zu. Sie setzte sich wieder, nahm die Fernbedienung vom Tisch, drückte den Knopf, sofort waren Stimmen zu hören, der Film war nicht ganz zurückgespult gewesen, der Alte saß jetzt ganz still, wenn das nur immer so wäre, dachte er in seiner Ecke.

Aus den Lautsprechern hörte er die Stimme des Alten, er lachte, und eine Frauenstimme, beide lachten, er konnte auch aus seiner Ecke sehen, wie fröhlich sie gewesen sein mussten. Und dann ist sie weggestorben und hat ihn uns überlassen, dachte er voll Bitterkeit, dabei war sie viel jünger gewesen als er, sie hätte ihn pflegen können.

Er sah zu seiner Frau, sie hatte wieder den Teller mit den Apfelscheiben auf dem Schoß, sie nahm eine, führte sie zum Mund des Alten, willst du auch, rief sie herüber, als ob sie nicht wüsste, dass er nichts essen könnte, solange der Alte sabbernd am Tisch saß, die eine Hälfte der Scheibe hing aus seinem Mund, langsam, sagte sie und schob sie vorsichtig weiter hinein. Er sah den Alten kauen, wie in Zeitlupe, und meinte das Schmatzen bis in seine Ecke zu hören. Das konnte er am wenigsten ertragen, die Geräusche, sie hätte den Film lauter machen sollen, aber er traute sich nicht, das zu sagen. Er wäre jetzt am liebsten hinausgegangen, aber er blieb in seiner

Ecke, nahm die Zeitung, die auf dem Boden lag, schlug sie auf und verschwand dahinter.

Dann hörte das Schmatzen auf, er hörte nur noch die Stimmen aus den Lautsprechern, als wäre sie noch da, dachte er, als wäre sie noch da und der Alte würde mit ihr lachen und Scherze machen, als wäre er noch da, noch richtig da, dachte er. Dann hörte er, dass jemand vom Sofa aufstand, aber er blickte nicht auf, ein langsames Schlurfen über den Teppich, das konnte nur der Alte sein, jetzt fängt er wieder an herumzulaufen, dachte er. Als das Schlurfen unvermittelt aufhörte, blickte er doch auf, schlug die Zeitung zur Seite und sah den Alten vor dem Fernseher stehen. Er stand gebückt, die Windel beulte die Hose aus, die er trug, er hatte eine Apfelscheibe in der Hand und drückte sie gegen den Bildschirm des Fernsehers. Er sah das und konnte nichts sagen, seine Frau stand auf und ging langsam zu dem Alten hin und blieb hinter ihm stehen. Der drückte immer noch die Apfelscheibe gegen den Bildschirm, er hörte das Lachen aus den Lautsprechern, sie lachen miteinander wie zwei Verliebte, dachte er und dachte, der Fernseher war teuer, dann hörte er, wie der Alte schluchzte, und sah, wie seine Schultern zuckten.

Die Hand des Alten, in der er die Apfelscheibe hielt, glitt am Bildschirm herab, er fingerte mit der anderen Hand hinterher, dann hatte er etwas gefunden, knapp unter dem Bildschirm war die Klappe des Rekorders, er drückte dagegen.

Das war teuer, dachte er in seiner Ecke, so ein Kombigerät, und wenn eins kaputt ist, kann man das andere auch nicht mehr gebrauchen. Aber er konnte nichts sagen, und dann sah er, wie der Alte die Apfelscheibe, die sehr dünn geschnitten war, in den Schlitz unter der Klappe schob, bis zur Hälfte, dann blieb sie stecken. Der Alte schüttelte sich, kehlige Geräusche kamen aus seinem Mund, als ob er lachen wollte, dachte er in seiner Ecke, dann sah er, wie der Alte sich umwandte und ihn anblickte oder an ihm vorbeiblickte und sah seine Augen, die hell waren und sah sein Gesicht, das vor Freude verzerrt war.

Da schlug er die Zeitung wieder zurück, als wollte er sich verstecken, und fing an zu lesen.

# Hühnchens Rache

Er wusste, dass irgendwann seine Stunde kommen würde. Er wusste dies und wartete darauf mit der Beharrlichkeit eines Elefanten, der irgendwann nur den rechten Huf zu heben braucht, um seinen vor ihm gestolperten Gegner darunter zu zerquetschen.

Oberamtsrat Hühnchen konnte warten. Sieben Jahre hatte er auf die Beförderung vom Regierungsamtmann zum Amtsrat gewartet, zehn Jahre auf die Beförderung vom Amtsrat zum Oberamtsrat. Und nur drei Jahre musste er warten, bis er seine Schmähung rächen konnte. Hätte der Minister nicht diesen süffisanten Unterton in der Stimme gehabt, wäre es vielleicht gar nicht so weit gekommen. Wegen einer völligen Nichtigkeit hatte der ihm die einzig seinen Fähigkeiten entsprechende Beförderung in den Höheren Dienst vermasselt. Dabei war er in den Augen Hühnchens selbst dumm wie Bohnenstroh.

Hühnchen hatte in den Vermerken an das Ministerbüro darauf bestanden, den Satz nach einem Doppelpunkt in Kleinschreibung weiterzuführen. Dies hatte der Minister regelmäßig mit wütend-roten Bemerkungen zur Rechtschreibung sanktioniert. Nur deshalb konnte Hühnchen bei diesem in Ungnade gefallen sein. Dass er bei der letzten Beurteilungsrunde im Hause so schlecht abschnitt, konnte er daher nur dem Minister zu verdanken haben. Der ihn – das bestärkte seine Vermutung – bei der ersten persönlichen Rücksprache danach mit »Na Hühnchen, da war wohl alles Flattern umsonst« begrüßt hatte.

Nichts war umsonst, wenn man Warten konnte. Warten konnte bis zu der Stunde, in der man das Ego des Gegners zu Atomen pulverisieren würde. Diese Stunde hatte vor drei Minuten begonnen. Eineinhalb Stunden dauerte der Empfang beim Verband der Toilettenartikelhersteller bereits, der Minister war ohne Unterbrechung von der vierstündigen Kabinettssitzung angereist, Hühnchen im Schlepptau, die Aktentasche unterm Arm, Taschentücher und Textmarker bereithaltend für die möglichen Bedürfnisse des Ministers. Der hatte eben das Angebot eines Kellners, der zu Anfang kleine Häppchen reichte, mit dem Hinweis auf seine Diät abgelehnt. Und dann, vor aller Augen, nach der Gurke auf Hühnchens Brötchen gegrabscht. Dabei nuschelnd, so etwas dürfe er essen. Und getrunken hatte er. Zwei Gläser Weißwein bereits und dazu reichlich Wasser. Und seit drei Minuten war klar, dass Hühnchens Stunde gekommen war. Der Minister war unruhig geworden und hatte sich suchend umgeblickt. Der Präsident des Verbandes der Toilettenartikelhersteller deutete den Blick sofort richtig und beschrieb den Weg. Aus der Halle heraus, den Gang rechts herunter und dann die zweite Tür links.

Schwache Blase, dachte Hühnchen triumphierend. Er wartete einen Augenblick, dann ging auch er los, den beschriebenen Weg entlang. Er kam gerade noch rechtzeitig, der Minister befand sich in Startposition am Pissoir ganz hinten rechts. Hühnchen stellte sich daneben, nickte dem Minister aufmunternd zu und begann seinen Vernichtungsfeldzug.

Monatelang hatte er geübt, in den finstersten Spelunken hatte er nie die Kabine benutzt, sondern sich direkt neben die schmutzigsten Typen gestellt und sich so sämtliche Hemmungen abtrainiert. Er wusste, dass auch der Minister nie die Kabine benutzte. Keiner hätte es gewagt, ihm an diesen Ort zu folgen. Eine solche Annäherung bedeutete an sich schon fast Majestätsbeleidigung.

Der Minister wirkte verwirrt. Warf Hühnchen einen Blick zu, der von oben herab wirken sollte, dessen Wirkung er aber schon im Ansatz verfehlte. Hühnchen konzentrierte sich längst auf anderes. Nach dem Ratschen des Reißverschlusses brauchte er nur zwei Sekunden, um einen triumphalen Strom sprudeln zu lassen. Nun war er es, der den Minister begleitend zur Geräuschkulisse von schräg unten ansah.

Der Minister starrte an die Toilettenwand, seine Gesichtsfarbe verdunkelte sich, seine Züge wurden starr. Das sah nach äußerster Konzentration aus, in die hinein Hühnchen den Blick sehr bedeutsam weiter nach unten schweifen ließ. Und dann ein süffisantes »Mhm« von sich gab, das sollte klingen wie: Na, das wird wohl heute nichts mehr. Dann blickte er wieder geradeaus, leise vor sich hin lächelnd. Er schaffte dreiundzwanzig Sekunden, bis der letzte Tropfen versiegte. Der Minister neben ihm schaffte nichts.

Hühnchen hätte jetzt am liebsten gebrüllt wie ein Löwe. Stattdessen zog er den Reißverschluss wieder hoch, nickte dem Minister lächelnd zu und sagte den Satz. Er wusste, dass dieser Satz ihn endgültig erledigen würde. Es war ohnehin klar, dass er nach dieser Schmähung nie wieder an seinem Schreibtisch, sondern höchstens noch in der Materialausgabe landen würde. Diese Perspektive machte ihm jedoch nichts aus, er hatte dort seine Laufbahn begonnen. Für die letzten Jahre genügte ihm dieser Rückzugsraum, dort würde er hin und wieder einen Plausch halten mit Kollegen, die wegen Druckerpapier, Kugelschreibern, Textmarkern und dergleichen vorbeikämen.

In der Zwischenzeit hätte er Zeit genug, Gedichte zu schreiben.

Der Satz hing im Raum. Er hing über dem Minister wie eine dunkle Wolke, die sich langsam aufgetürmt hatte und der man den Blitz ansah, der sich aus ihr entladen hatte. Hühnchen hatte lange über diesen Satz nachgedacht. Er hatte ihn zu Hause vor dem Spiegel ausprobiert, in verschiedenen Versionen, mit unterschiedlichen Tonlagen, bis er die richtige gefunden hatte.

»Ein kleines Drama, nicht? Na, Ministerchen, da war wohl alle Konzentration umsonst.«

Er hatte diesen Satz so gesagt, als sei er ihm gerade erst eingefallen, doch den süffisanten Unterton hatte er lange geübt, bis er genau die Tonlage des Ministers traf. Der starrte jetzt ins Nirgendwo hinter Hühnchen, die Kieferknochen mahlend. Hühnchen straffte sich, atmete noch einmal tief durch und verließ den Ort gemessenen Schrittes. Auf dem Rückweg traf er den Präsidenten des Verbandes der Toilettenartikelhersteller, der sich über den Verbleib des Ministers wunderte. Man nickte sich kurz zu, Hühnchen ging zum mittlerweile eröffneten Buffet und lud sich den Teller mit Geflügelsalat voll.

# Buizid

Gestern Morgen ging ich zur Arbeit.

Ich zog meinen Mantel an, ließ mich die Treppe herunterfallen, auf der Straße sprang ich vor ein Auto, warf mich dann vor der Straßenbahn auf die Gleise, rannte gegen die Mauern des Arbeitshauses, schob meine Finger in das Zeiterfassungsgerät – es schrie – , auf den Knien kroch ich die Treppe zu meinem Zimmer hinauf, mein Kopf schlug die Tür auf, die Aktenregale fielen auf mich herab, mit meinem rechten Zeigefinger bohrte ich in der Steckdose herum, mittags saß ich in der Kantine in einem Topf kochenden Wassers, am Nachmittag lochte ich meine rechte Hand und heftete sie ab, schließlich sprang ich aus dem Fenster im vierten Stock und ging wieder nach Hause.

Nichts blieb übrig von mir an diesem Tag.

Heute bleibe ich zu Hause.

# Am Nachmittag

Wenn Farner seinen Rasenmäher aus der Garage fährt, sitzt Bergmann schon auf dem Bock. Dann umkreisen sie ihre Grundstücke, die Maschinen kreischen, und Farner und Bergmann blicken angespannt auf das Gras.

Neulich gab es ein kleines Unglück. Ein Stein musste sich in Farners Maschinenmessern verkrallt haben, dann wurde er hochgeschleudert und traf ihn am Kopf. Blutend sank Farner zusammen, während Bergmann noch eine Runde drehte, seinen Mäher in die Garage zurückfuhr und im Haus verschwand.

Es war dann ganz wunderbar ruhig.

# Mirjam

Ich bin alleine zum See gegangen. Das Lachen und Rufen der anderen weht aus weiter Ferne gedämpft zu mir heran. Ich suche den Steg, meine Füße tasten sich in Ufernähe vorwärts. Es dämmert bereits und ich vermute, dass die Uferböschung auch heute noch an einigen Stellen einfach nachgeben wird, wenn man nicht aufpasst. Endlich finde ich den Steg. Damals ragte er weit sichtbar in den See hinein, jetzt ist er überwuchert und das Holz ist brüchig geworden. Ich bleibe am Ufer stehen. Der See hat in der untergehenden Sonne den gleichen Farbschimmer wie vor dreißig Jahren. In dem Sommer damals war ich fast jeden Tag hier. Es war der Sommer mit Mirjam.

Mirjam kam erst ein Jahr vor dem Schulabschluss in unsere Klasse. Sie wirkte schüchtern, blickte einen nicht einmal an, wenn man mit ihr sprach. Sie schien ihren schmächtigen Körper hinter dem langen blonden Haar, das ihr über beide Schultern fiel, verstecken zu wollen. Sie trug ihr Haar nie wie die anderen zu zwei Zöpfen geflochten oder zu einem Pferdeschwanz gebunden, schon das machte sie besonders.

Auch ihr Name war auffällig. Die anderen hießen Andrea, Renate oder Ulrike. Mirjam klang anders. Ich hatte zuvor nie von einem Mädchen gehört, das Mirjam hieß. Nach einer Woche überwand ich mich und fragte sie in der Pause, wie man ihren Namen schreibt. Sie hatte ein Butterbrot in der rechten Hand und eine Trinktüte in der linken und sah mich kaum an. »Halt mal«, sagte sie. Dann gab sie mir Butterbrot und Trinktüte, holte einen Zettel und einen Bleistiftstummel aus ihrer rechten Hosentasche, schrieb ihren Namen auf den Zettel, den sie in ihrer Handfläche hielt, und gab ihn mir. »So«, sagte sie und blickte an mir vorbei. Ich trug den Zettel wie einen Schatz mit mir herum.

Von Mirjam ging eine seltsame Faszination aus. Ich saß zwei Reihen hinter ihr in der Klasse und konnte sie während der Stunden beobachten. In den Pausen entzog sie sich. Sie stand mit den anderen Mädchen in einer Ecke des Schulhofes, sie redete mit ihnen, sie lachte mit ihnen, und wenn ich mich näherte, blickte sie zu Boden.

Einmal sah ich sie allein auf dem Schulhof stehen, ich ging zu ihr hin, aber sie wandte sich ab, als ich kaum zehn Schritte von ihr entfernt war. Die rechte Hand in der Hosentasche, fühlte ich nach dem Zettel mit ihrem Namen. Irgendwann fiel mir auf, dass sie immer nur auf dem

Schulhof stand. Höchstens sah ich sie langsam gehen und auch in der Gruppe der anderen Mädchen hielt sie Abstand. Nie sah ich sie über den Schulhof rennen wie die anderen, sie schubste nie jemanden und wurde nicht geschubst. Mir schien es, als dürfe keiner sie berühren. Auch ich nicht.

Dann traf ich sie am See. Es war ein heißer Sommer und ich war fast jeden Nachmittag dort. Ich sprang mit den anderen vom Steg ins Wasser, wir tauchten uns gegenseitig unter und spielten Fangen. Nie hätte ich geglaubt, dass sie auch zum See kommen würde.

Sie kam, als die anderen nach Hause gegangen waren. Ich war schon damals ein Nachzügler, nie schaffte ich es, meine Sachen rechtzeitig wieder zusammen zu suchen und pünktlich zu Hause zu sein. Ich saß auf dem Steg, hatte gerade die Hose angezogen und griff nach dem T-Shirt, als sie plötzlich neben mir stand. Ich hatte sie nicht kommen hören. Sie war einfach da. Sie stand neben mir und blickte über den See. Mich beachtete sie überhaupt nicht. Ich streifte das T-Shirt über und stand auf.

»Hallo«, sagte ich. Sie drehte den Kopf und sah mich mit ihren seltsamen blauen Augen an.

»Hallo«, sagte sie. »Es ist schön hier. Ich komme sonst immer erst, wenn alle weg sind.«

Soviel hatte sie noch nie zu mir gesagt. Ich war verlegen und blickte zu Boden. Der See vor uns schimmerte dunkelblau in der untergehenden Sonne. Sie setzte sich auf den Steg, zog die Sandalen aus und ließ ihre Füße ins Wasser baumeln. Ich setzte mich neben sie.

»Wie aus blauem Glase«, sagte sie.

»Was?« fragte ich.

»Der See. Ein See wie aus blauem Glas.«

Ich war verwirrt und sie merkte es. Sie sah mich an und lachte, aber ich hatte nicht das Gefühl, dass sie mich auslachen wollte. Dann stand sie auf, blickte auf das Wasser, ging zwei Schritte zurück, nahm Anlauf und sprang mit einem lauten Juchhu mit vornüber gestreckten Armen in den See. Ich sprang auf, ich rief, »Hey, was machst Du da?« Sie schwamm lachend und mit allen Kleidern im See. »Komm doch« rief sie. Da sprang ich hinterher. Sie schwamm wie ein Fisch im Wasser, als sei es ihr ureigenes Element. Sie schwamm schnell und ausdauernd, dann tauchte sie unter und kam erst nach einer beunruhigenden Weile wieder an die Oberfläche. Auch im Wasser vermied sie es, mir zu nahe zu kommen. Ich hielt ebenfalls Abstand. Erst als es vollkommen dunkel war und der Steg aus einiger Entfernung kaum noch zu erkennen, kletterten wir wieder aus dem Wasser. Sie wollte nicht, dass ich sie nach Hause bringe. Sie verschwand einfach in der Dunkelheit, während ich mein nasses T-Shirt auswrang.

Ich wartete in diesem Sommer jeden Abend auf sie und wir schwammen zusammen durch den See. Einmal brachte sie mir etwas mit. Ein Bild, das sie selbst gemalt hatte, mit Wasserfarben. Ein blaues Mädchen, schmächtig und klein, es hatte ihre Umrisse. Das Blau schimmerte wie der See in der Abenddämmerung.

»Ich bin wie der See«, sagte sie, »aus blauem Glase.«

Wir saßen auf dem Steg und unsere Schultern berührten sich leicht. Nie durfte ich sie umarmen, immer entzog sie sich. Nur einmal ein flüchtiger Kuss. Unter Wasser glitt ich an ihr vorbei, spürte dabei ihren Körper ganz nah.

Später ging sie zum Studium in eine andere Stadt, und wir verloren uns aus den Augen. Erst vor einer Woche erfuhr ich von ihrem Tod. Ein Auto hatte sie angefahren und alles in ihr war zerbrochen. Sie hatte Glasknochen, was kaum jemand in der Klasse gewusst hatte.

Ich blicke über den See, der jetzt im Dunkeln liegt, die Sonne ist untergegangen. Dann drehe ich mich um und gehe zurück.

# Gruß in die Heimat

Um kurz vor halb acht parkte Warner den Wagen auf dem Firmengelände. Der Parkplatz war noch leer, nur Gereon war schon da. Warner nahm die Tasche vom Beifahrersitz, stieg aus und warf die Wagentür zu. Mit der Hand fuhr er in die Hosentasche und tastete nach dem Büroschlüssel. Um neun war Abteilungsbesprechung, die Präsentation hatte er im Kopf, er musste nur noch einmal die Zahlen durchgehen. Im letzten Monat waren die Verkaufszahlen eingebrochen, jetzt ging es wieder aufwärts, das konnte er belegen. Alles war im grünen Bereich. Regen hatte eingesetzt, er zog die Schultern hoch und ging schneller. In der Mitte des Parkplatzes lief das Wasser in einen Abfluss, eine weiße Plastiktüte hing am Abflussgitter. Manchmal sah Warner den Sarg, den die Soldaten über das Rollfeld getragen hatten, auf dem Parkplatz stehen. Schwarz-Rot-Gold mit dem Adler. Die Flagge war mit einem Band um den Sarg gespannt, auf dem Sargdeckel warf sie Falten. Am Parkplatzrand standen die Pappeln in Reih und Glied.

Als er die Eingangshalle durchquerte, nickte Warner dem Pförtner zu, dann fuhr er mit dem

Aufzug nach oben und ging in sein Büro. Frau Friedrichs kam erst in einer Stunde, auch Stübner war noch nicht da. Er schaltete nur die Lampe am Schreibtisch an und fuhr den Rechner hoch.

Gereon fragte per Mail, ob Warner ihn bei der Abteilungsbesprechung entschuldigen könne. Er wolle das Projektmeeting nicht verschieben, da brenne es gerade. Warner griff zum Telefon.

Du kommst wirklich nicht?

Nein, sagte Gereon und klang sichtlich gehetzt, kannst du mich entschuldigen?

Ja, kann ich machen. Stübner wird schon verstehen.

Bis später dann, und danke, erwiderte Gereon.

Ja, bis später.

Warner legte auf, beantwortete Mails und sah sich die Dateien mit den Zahlen der letzten Woche an. Auf dem Ausdruck der Präsentationsfolien machte er sich Notizen, dann surfte er im Internet. Immer wieder musste er an den Brief denken, der zu Hause auf dem Wohnzimmertisch lag.

Um kurz vor neun war er als erster im Besprechungsraum, er stellte seine Tasche auf einen Stuhl und ging zum Fenster, die Mappen mit den Folien würde er erst austeilen, wenn er an der Reihe war. Der Regen war stärker geworden und prasselte gegen die Fensterfront, die Tropfen bildeten schmale Rinnsale. Der Parkplatz war jetzt voll, am Abflussgitter staute sich das Wasser, die Plastiktüte wurde überspült. Der Raum füllte sich, Seibert kam und grüßte ihn mit einem Kopfnicken, Frau Friedrichs teilte Mappen mit Unterlagen aus, Giebeler und Steffens standen in der Tür und unterhielten sich leise. Dann kam Stübner und alle setzten sich.

Vor sechs Monaten hatte Stübner mit ihm ein Gespräch geführt. Wenn er eine Auszeit brauche, sei das in Ordnung. Wenn er erst einmal zu Hause bleiben wolle, sich um andere Dinge kümmern. Nein, er brauche die Arbeit, gerade jetzt. Wie geht es Ihrer Frau? hatte Stübner gefragt.

Sie fängt sich wieder. Das braucht nur Zeit.

Stübner war auch bei der Trauerfeier gewesen. Auf dem Friedhof liefen sie hinter dem Sarg mit der Flagge her, seine Frau hatte sich bei ihm untergehakt. Sie ging gebeugt und weinte leise, er spürte, wie immer wieder ein Zittern durch ihren Körper lief. Zu Hause hatte sie ein Beruhigungsmittel genommen. Der Kies knirschte unter ihren Schritten, hinter ihnen kamen die anderen. Es war wärmer geworden, die Sonne taute die letzten Schneereste am Rand des Weges. Seine Frau hatte keine Flagge auf dem Sarg gewollt, keine Soldaten in der Kirche und auf dem Friedhof, doch er hatte sich durchgesetzt. Mit der Flagge wurde der

Sarg ins Grab gesenkt. Die Pfarrerin sagte etwas, dann machte sie eine Handbewegung. Er ging mit seiner Frau an die Grube. Als er hinabblickte, wurde ihm schwindlig. Sie hatten ihn tiefer legen lassen, sie wollten später auch in dem Grab liegen. Mit einer Schaufel warf er Erde auf den Sarg, das klang dumpf. Seine Frau warf Blumen hinein. Später gab Stübner ihnen schweigend die Hand.

Steffens berichtete von der Messe, beim nächsten Mal sollten sie ihren Stand vergrößern, die Broschüren müssten überarbeitet werden. Die Nachfrage nehme wieder zu, sie müssten am Ball bleiben. Danach war er an der Reihe. Er stand auf, einen Moment schwankte er, er musste wieder an den Brief denken, dann teilte er die Mappen aus. Er hatte das Gefühl, dass es im Raum plötzlich stiller war. Vorne am Tisch verkabelte er seinen Laptop mit dem Beamer, rief die Datei auf und erläuterte Zahlen und Diagramme, Verlaufskurven und Prognosen. Giebeler hob nach der Präsentation als erster die Hand. Die Prognosen leuchteten ihm nicht ein, das Zahlenmaterial sei nicht vollständig. Seibert widersprach, es mache keinen Sinn, mehr als die letzten sechs Monate auszuwerten. Sie diskutierten noch eine Weile, dann unterbrach Stübner. So komme man nicht weiter, die Tagesordnung sei straff, er wolle mit den anderen Punkten fortfahren. Er nickte Warner zu. Warner ging zu seinem Platz zurück und setzte sich.

In der nächsten Stunde ging es um die Kundenbeziehungen nach Osteuropa, hier könne man noch einmal nachlegen. Stübner hatte Pläne. Warner konnte sich kaum konzentrieren, irgendwann hörte er nicht mehr zu. Am Abend wollten sie gemeinsam den Brief öffnen.

Kurz vor elf kehrte er in sein Zimmer zurück. Er schloss die Tür und setzte sich an den Schreibtisch. Er sah auf das Display des Telefons, er hatte drei Anrufe verpasst.

Um elf waren sie in die Firma gekommen. Jemand klopfte an seiner Tür, er telefonierte gerade. Es klopfte wieder, er hielt die Hand auf die Sprechmuschel und rief Ja?

Frau Friedrichs erschien im Türspalt, die Tür öffnete sich weiter, seine Frau kam ins Zimmer.

Wie in Zeitlupe.

Er legte den Telefonhörer auf den Tisch, stand auf und ging ihr entgegen. Im Zimmer stand jetzt auch ein Mann in Uniform und einer in einem schwarzen Hemd mit einem weißen Kragen.

Seine Frau hielt sich an ihm fest, sie schluchzte. Er fühlte sich plötzlich schwer. Hinter ihm drückte sich die Kante der Schreibtischplatte in seine Beine. Es lag so viel herum auf seinem Schreibtisch, man müsste mal aufräumen, dachte er. Seine Frau weinte.

Herr Warner …, sagte der mit der Uniform.

Er griff zum Telefon und rief Gereon an.

Nein, Stübner hat nichts gesagt wegen Dir. Es ist alles glatt gegangen. Gereon zeigte sich erleichtert, er fragte noch nach den Zahlen.

Jaja, die Prognose für die nächsten Monate steht, wir machen dann erstmal weiter so, erwiderte Warner. Dann legte er auf, Ruschinski und Lammert würde er später anrufen. Gegen halb eins ging er in die Kantine, obwohl er kaum Hunger hatte. Er nahm nur einen kleinen Salat und einen Saft. Seibert setzte sich zu ihm.

Kommst Du am Samstag?

Zum Fußballturnier? Ich schau mal, ich hab noch zu tun.

Du versackst richtig, das ist nicht gut. Seibert schnitt ein Stück von seinem Schnitzel ab und hob die Gabel.

Gib Dir mal einen Ruck. Ich kann Dich auch abholen.

Ich schau mal, sagte Warner.

Am Nachmittag bereitete er seine nächste Kundenfahrt vor. Über Wiesbaden würde er in der folgenden Woche nach Frankfurt fahren, dann weiter nach Mannheim, Karlsruhe und Stuttgart, die Hotels hatte Frau Friedrichs schon gebucht. Zwischendurch sah er lange aus dem Fenster. Endlich hatte der Regen aufgehört, Wolkenfetzen zogen über den Himmel, die Spitzen der Pappeln bewegten sich hin und her. Die weiße Plastiktüte wurde über den Parkplatz geweht. Sie blieb am Hinterrad eines BMW hängen, wurde gegen die Felge gedrückt, dann fuhr der Wind in sie, sie war rund wie ein Ballon und flog knapp über dem Asphalt Richtung Ausgang. Dort verwickelte sie sich in einem Strauch.

Vor einer Woche war der Brief gekommen, abends hatte er ihn aus dem Briefkasten genommen, er lag zwischen Werbeprospekten und einem Pizza-Zettel. Er hatte am Briefkasten gestanden und auf den Absender gestarrt. Ralfs Schrift. Das konnte nicht sein. Und wenn vielleicht doch …? Nein. Sie hatten ihn ja schon beerdigt. Der Brief war nur irgendwo hängen geblieben, auch das kam offenbar vor.

Da ist noch etwas gekommen, hatte er zu seiner Frau gesagt, und den Brief auf den Esstisch gelegt. Der muss in Darmstadt liegengeblieben sein.

Sie stand vom Sofa auf und kam zum Tisch, mit beiden Händen umklammerte sie die Stuhllehne und blickte auf den Umschlag. Dann schrie sie laut auf, warf den Stuhl um und riss die Decke vom Tisch, der Brief fiel auf den Boden. Schreiend kniete sie über ihm und trommelte mit beiden Fäusten auf den Boden. Er ging in die Küche. Später beim Abendessen lag der Brief auf dem Tisch. Seine Frau wollte ihn erst in einer Woche öffnen, an Ralfs 22. Geburtstag. An der Magnettafel in der Küche hing immer noch der Zettel mit der Aufschrift: HptGefr Ralf Warner - 3./LogUBtl KDZ - über Feldpost 64298 Darmstadt.

Um kurz nach sechs stellte Warner den Computer aus. Er packte ein paar Unterlagen in seine Tasche, löschte das Licht und schloss die Bürotür ab. Dann lief er über den Flur Richtung Treppenhaus, Frau Friedrichs war schon weg. Auf dem Parkplatz standen nur noch ein paar Wagen, darunter die von Seibert und Stübner.

Als er in seinen Kombi stieg, fiel ihm auf, dass die vorderen Kotflügel mit Schlammspritzern bedeckt waren. Am Wochenende würde er in die Waschstraße fahren, das könnte er mit dem Einkauf im Getränkemarkt verbinden. Er startete den Wagen und fuhr Richtung Ausgang. Dort fiel sein Blick auf die Plastiktüte, die an mehreren Stellen von den Dornen des Strauches durchlöchert war. Sie hatte sich völlig verheddert. Langsam fuhr er aus dem Gewerbegebiet heraus und nahm statt der Autobahn die Landstraße.

Am Horizont leuchtete die Reklame eines Schnellrestaurants, die Scheinwerfer entgegenkommender Autos blendeten in den Kurven.

Eine halbe Stunde später bog Warner von der Straße auf einen Parkplatz ab, der in einem Waldstück lag. Steine knirschten unter den Rädern, Wasser spritzte auf, als er den Wagen durch eine Pfütze lenkte. Er fuhr bis ans Ende des Parkplatzes, dort hielt er und schaltete den Motor aus. Warner merkte, wie ihm Tränen über das Gesicht liefen. Dann schüttelte es ihn und er weinte laut. Er schlug den Kopf auf das Lenkrad. Einmal, zweimal. Er presste die Hände an den Kopf, schlug wieder mit dem Kopf auf das Lenkrad. Seine Nase war verstopft, er atmete durch den Mund. Er ließ sich nach hinten fallen und schloss die Augen. Seine Schläfen pochten, sein Gesicht war nass. Nach einer Weile holte er ein Taschentuch aus der Hosentasche und schnäuzte sich. Er nahm die Wasserflasche von der Mittelkonsole, stieg aus und warf die Tür zu. Er lief er ein paar Schritte in den Wald hinein und blieb vor einem großen Baum stehen, die Wasserflasche hielt er in der Hand. Mit der Stirn lehnte er sich an den Baum und schloss die Augen.

Als er irgendwann zu frieren begann, holte er ein frisches Taschentuch aus der Jackentasche, ließ Wasser über das Tuch laufen und fuhr sich damit über das Gesicht. Dann ging er zum Wagen zurück.

Gegen halb acht schloss er zu Hause die Tür auf. Er ging ins Arbeitszimmer und stellte die Tasche ab, später würde er vielleicht noch etwas arbeiten. Im Wohnzimmer saß seine Frau auf dem Sofa und sah Fotoalben an, sie blickte kurz auf, ihre Augen waren gerötet.

Du bist spät.

Ich hatte noch zu tun. Jetzt bin ich ja da.

Deine Mutter hat angerufen, und von Melanie ist eine Karte gekommen.

Ja?

Vor ihr auf dem Couchtisch lag der Brief. Daneben stand ein Kuchen, in den zahlreiche Kerzen gesteckt waren. Warner zählte sie nicht. Er ging in die Küche und öffnete den Kühlschrank, nahm eine Schale mit Kartoffelsalat heraus, Butter, den Teller mit dem Käse und eine Wurstpackung, kehrte ins Wohnzimmer zurück und stellte alles auf den Esstisch.

Möchtest Du Tee?

Seine Frau nickte. Sie stand auf, kam zum Esstisch und setzte sich. Den Brief ließ sie auf dem Couchtisch liegen. Warner ging in die Küche zurück, stellte den Wasserkocher an und nahm Becher, Teller und Servietten aus dem Schrank, holte Besteck aus der Schublade und schnitt Brot auf. Er wartete, bis das Wasser kochte, goss es in die Becher und tauchte zwei Teebeutel hinein. Pfefferminztee. Den hatte Ralf schon als Kind nicht gemocht. Er schwenkte die Teebeutel in den Bechern hin und her, in kleinen Wölkchen vermischten sich die Aromen des Tees mit dem heißen Wasser. An der Wand tickte die Uhr, Warner sah einmal kurz hin, die Uhr ging ein paar Minuten vor. Schließlich nahm er die Teebeutel aus den Bechern und warf sie in die Bio-Tonne. Er stellte alles auf ein Tablett und ging ins Wohnzimmer zurück.

Nach dem Essen stand seine Frau auf, ging zum Couchtisch und fing an, die Kerzen auf dem Kuchen anzuzünden. Er räumte den Tisch ab, ging in die Küche und stellte das Geschirr in die Spülmaschine.

Hans? Kommst Du? rief sie aus dem Wohnzimmer.

Jaja, ich komm gleich.

Dann saß er neben ihr auf dem Sofa. Sie nahm den Brief und hielt ihn fest, mit der rechten Hand streichelte sie über den Umschlag. Nach einer Weile griff sie nach dem versilberten Brieföffner und fuhr damit an der Innenkante des Umschlags entlang. Das Papier raschelte. Langsam zog sie eine gefaltete Seite aus dem Umschlag. Er hörte sich scharf einatmen, als sie das Papier auseinanderfaltete. Er verschränkte die Arme, lehnte sich zurück und blickte ihr über die Schulter.

Hallo Mutti!

Hier ist es noch ziemlich frisch, tagsüber klettert das Thermometer kaum über acht Grad, nachts sind es um die null Grad. An das Lagerleben kann ich mich nur langsam gewöhnen, es gibt kaum eine Minute, in der man mal alleine sein kann. Die Verpflegung ist o.k., trotzdem war die gute Wurst aus dem letzten Paket schnell weg! Herzlichen Dank dafür!

Gestern hatten wir leichten Beschuss, das war aber weiter weg, als ich erst dachte, und es ist nichts passiert. Also mach dir keine Sorgen, ich pass schon auf, den Helden spiele ich hier bestimmt nicht. Mit dem Internet ist es nicht so toll, WLAN gibt es nicht, meinen Laptop habe ich gar nicht erst ausgepackt. Ich vermisse Deutschland und zähle jetzt schon die Tage!

Grüß Vati von mir!

Dein Ralf

Lange saßen sie auf dem Sofa. Nach einiger Zeit waren die Kerzen auf dem Kuchen heruntergebrannt, der unberührt auf dem Tisch stand.

Ich gehe ins Bett, sagte er irgendwann und stand auf, ich muss morgen früh raus.

# Ankommen

Auf dem Tisch liegen die alten Fotos. Regine hat sie aus der Kiste genommen, um sie der zeitlichen Reihenfolge nach zu sortieren. Fotos aufgenommen vor dem Krieg, während des Krieges, nach der Flucht. Während der Flucht wurden keine Fotos gemacht.

Ihre Großmutter blickt in die Kamera, Fotoatelier Bürgerstraße ist auf die Rückseite gestempelt. Daneben hat jemand mit Bleistift August 1945 geschrieben. Regines Großmutter, umringt von fünf Kindern. Still lächelnd blicken sie in die Kamera, Helga, Regines Mutter, die zweite von rechts. Alle sehen herausgeputzt aus, Louise hat eine Schleife im Haar, Lutz, der Jüngste, damals kaum fünf Jahre alt, blickt ernst. Links im Bild: Ingrid und Barbara, damals fünfzehn und sechzehn Jahre alt, mehrfach vergewaltigt auf dem Weg von Osten nach Westen, die Haare zu langen Zöpfen geflochten. Regines Großmutter in der Mitte, als einzige sitzend: Mitte vierzig, das blonde Haar zu einem Dutt gebunden, eine alte Frau blickt sie an. Mit ihren fünf Kindern ist sie durch die Reste des Großdeutschen Reiches gezogen, zwischen Februar und August 1945. Zu Fuß, in überfüllten Zügen, über Chausseen, zerschossene Brücken. Geschlafen haben sie in Ställen, versteckt zwischen Heu, in verlassenen Küchen, in denen angetrocknetes Essen auf dem Tisch stand, in überfüllten Bunkern, in Eisenbahnwagen. Das letzte Stück fuhren sie mit der Straßenbahn, dann standen sie vor einem Gartentor: Eine Erwachsene, fünf Kinder, verdreckt und verlaust, erschöpft und verarmt. Doch immerhin: lebend. Die Freude von Großmutters Schwester, die im Haus hinter dem Gartentor wohnte, war verhalten, das Haus ohnehin schon voll.

Regine sortiert die alten Fotos. Regine versucht, ihr eigenes Leben zu sortieren. Regine: 48 Jahre alt, geschieden, Lehrerin. Lehrerin erst seit einigen Jahren, davor: Dozentin in der Erwachsenenbildung, Angestellte bei einem Bildungsträger, arbeitslos, Verkäuferin eigener Produkte auf Kunst- und Keramikmärkten, Nachhilfelehrerin und Sekretärin in einer Anwaltskanzlei, verheiratet mit 38, mit 45 wieder geschieden, kinderlos, und immer: auf der Suche. Auf der Suche nach was? fragt sich Regine und legt ein Foto beiseite.

Ihre Mutter und zwei ihrer Schwestern auf der steinernen Treppe vor der Haustür im Dorf an der Warthe. Kurze Kleidchen, Schleifen im Haar, Sommer. Regine meint, das Rauschen der Linde vor dem Haus zu hören. Das Haus hat ihre Tante

Ingrid, Malerin, auf dem Foto etwa sieben Jahre alt, mehrfach in Öl und Pastell festgehalten. Immer mit der Linde links vor dem Haus. Das Dorf mit dem Haus liegt heute in Polen, seinen Namen kann Regine kaum aussprechen.

Nach der Wende ist Regines Mutter in das Dorf ihrer Kindheit gefahren. Das Haus stand noch, herabgefallene Dachziegel lagen im Gras, die Eingangstür hing im Rahmen, der Baum stand mit mächtiger Krone vor dem Haus.

Regines Mutter hat Blätter der Linde mitgebracht und sie zwischen zwei Buchseiten gepresst. Dort hat Regine sie gefunden, als sie anfing, den Nachlass der Mutter zu ordnen. Die Bücher aussortierte für Antiquariate, online-Auktionen, den Flohmarkt, die kleine Kiste mit den Fotos entdeckte, die nie in ein Album geklebt wurden.

Sommer, ihre Mutter sagte, Sommer, das hieß: Schwimmen im See hinterm Haus, durch die Felder streifen, mit den Bauerskindern spielen, zu Fuß in die Stadt laufen und dort Limonade trinken. Winter, ihre Mutter erzählte, Winter, das hieß: Auf dem zugefrorenen See Schlittschuh laufen, frierend nach Hause kommen, sich am Ofen wärmen, heiße Milch trinken. Regine meint, das Geräusch des Schnees zu hören, der unter den Schuhen dicht getreten wird.

Vor drei Jahren war sie auch an diesem Ort, im Sommer. Die Linde schlug ihre Wurzeln in die Erde, ein alternder Baum. Das Dach des Hauses war eingefallen, die Stufen der Eingangstreppe glatt, die Umfassungsmauer gebrochen, die Terrasse auf der hinteren Seite von Sträuchern überwuchert. Regine umrundete das Haus, sie ging in die Hocke und blickte in ein dunkles Kellerloch: Hatte hier die Großmutter mit ihren Kindern nachts gesessen aus Angst vor einem plötzlichen Einmarsch der Russen?

Die vordere Eingangstür ließ sich öffnen, doch Regine wagte nicht, das Haus zu betreten. Der Wind rauschte in den Blättern der Linde. Regine saß auf den Stufen der Eingangstreppe. Ein Auto fuhr auf der Dorfstraße vorbei.

Letztes Jahr in den Sommerferien ist Regine wieder nach Osten gefahren, bis an die polnische Grenze. Hat auf der deutschen Seite am Oderufer gesessen und hinübergeblickt. Die Landschaft flach, der Himmel unendlich. Hat eine Sehnsucht gespürt. Ihre eigene? Die ihrer Mutter? Die vor Jahrzehnten nicht weit von dort über eine noch nicht zerstörte Oderbrücke nach Westen geflüchtet war. Hat sich das damals zwölfjährige Kind noch einmal umgeblickt? Heimat ist hier nicht, hat Regines Mutter immer gesagt und aus dem Fenster geblickt in der Mietwohnung im Westen.

Heimat ist hier nicht. Nie ist sie angekommen, denkt Regine. In einer Heimat, die die Heimat ihrer Mutter, Regines Großmutter war, doch nicht ihre eigene. Ich durfte meine Puppe nicht mitnehmen, sagte Regines Mutter einmal, meine Puppe musste dortbleiben. Wir Kinder hatten nur kleine Rucksäcke, erzählte sie, Großmutter zog einen Handwagen, die Bauern hatten die Wagen angespannt, darauf lagen Betten und Hausrat, dazwischen saßen die Alten, die nicht mehr laufen konnten. Das Dorf sammelte sich zu einem Treck, wir liefen hinter den Wagen, von Vater wussten wir nichts, er war irgendwo weiter im Osten, dort, wo die Front grollte.

Regine erinnert sich, wie ihre Mutter auf dem Balkon der Wohnung sitzt, der Wohnung, in der Regine aufwuchs, ihre Mutter sagt: Dort hinten, hinter dem Gebüsch, so nah war der See früher, so weit der Himmel über dem See. Nicht so wie hier. So einen weiten Himmel kannst Du Dir gar nicht vorstellen. Regine war damals vierzehn und dachte nur: Das interessiert mich alles nicht, das ist doch alles Vergangenheit, was soll ich mit Deiner Vergangenheit? Später, als die Mutter allein in einer kleinen Wohnung lebte, freute sie sich, als der Baum vor dem Haus gefällt wurde.

Der Blick in den Himmel ist jetzt frei, sagte sie, endlich. Regine, nun dreißig Jahre alt und in einer anderen Stadt lebend, tat es leid um den Baum. Immerhin, es war keine Linde gewesen. Das hätte der Mutter wohl auch leid getan.

Als Regine vor drei Jahren um das Haus weit im Osten herumging, auf der Treppe saß, in den Himmel blickte, dem Rauschen der Linde lauschte, fiel ihr die Puppe der Mutter ein. Ob sie noch irgendwo lag? Ihre Mutter lebte damals noch, in einem Heim, am liebsten hätte Regine die Puppe gefunden, um sie ihrer Mutter mitbringen zu können.

Gibt es das, hat sich Regine in den letzten Monaten manchmal gefragt, das Gefühl, zurückkehren zu müssen in eine Landschaft voller Erinnerungen, voller Bilder, Geräusche und Stimmungen? Zurückzukehren wie nach einer langen Flucht, die doch nicht ihre eigene war. Doch sie war nun die, die zurückgehen konnte. In eine Landschaft, aus der ihre Mutter fliehen musste, aus der sie herausgerissen wurde, als sie noch ein Kind war, wo sie hinter dem Haus im See schwamm und abends mit ihrer Puppe im Bett lag.

Regine hat die alten Fotos wieder in die Kiste zurückgelegt. Nicht alle tragen ein Datum auf der Rückseite, bei einigen konnte sie nur raten, wann sie aufgenommen wurden. Die Fotos wird sie mitnehmen. Regine hat einen Entschluss gefasst.

Der weite Himmel, das Rauschen der Bäume, ein Blick, der sich in der Unendlichkeit verlieren kann. Nicht so wie hier, denkt Regine. Und: Wo ist Heimat? Dort, wo man ankommen kann?

An den Orten, an denen sie bislang gelebt hat, hat sie sich zu Hause gefühlt. In ihrer Wohnung, in ihrem Leben, mit Mann, ohne Mann, in wechselnden Berufen. Angekommen hat sie sich nie gefühlt. Zu Hause und Heimat, denkt Regine, sind zwei unterschiedliche Dinge. Eine Sehnsucht spürt Regine, die doch nicht ihre eigene sein kann, doch zu ihrer eigenen geworden ist und immer stärker wird, seitdem ihre Mutter gestorben ist. Eine Sehnsucht nach Beheimatung, nach endgültigem Ankommen.

Regine packt die Umzugskartons, die Kiste mit den Fotos legt sie in einen Koffer. Sie hat viel aussortiert in den letzten Wochen. Durchs Leben reist man am besten mit leichtem Gepäck, hat ihre Mutter oft gesagt. Einmal hat sie erzählt, dass sie schon Wochen vorher für die Flucht gepackt hatten.

Ist sie nun auf der Flucht vor ihrem eigenen Leben? fragt sich Regine. Sie lässt Freunde und Kollegen zurück, einen vertrauten Ort, an dem sie alles hat, was sie braucht. Oder kann ihr Leben erst richtig beginnen unter dem weiten Himmel, in einer Landschaft voll tiefer Seen und mit einem

Horizont, der sich in der Ferne verliert? Regine schließt den Koffer, morgen kommen die Umzugsleute.

# Vor der Tür

In der Nacht wachte Wolfenberger auf. Auf dem Flur lärmten Gäste, eine Frau lachte laut auf, mehrere Männerstimmen waren zu hören. Die Sprache verstand Wolfenberger nicht, es klang osteuropäisch, wahrscheinlich waren sie betrunken. Wieder ärgerte er sich, dass er das Zimmer neben dem Aufzug erwischt hatte. Ein Tausch war nicht mehr möglich gewesen, das Hotel war wegen der Messe ausgebucht.

Wolfenberger setzte sich im Bett auf. Auf der Straße fuhr ein Auto vorbei, durch den Spalt in den Vorhängen leuchteten kurz die Scheinwerfer.

Dann war es wieder dunkel im Zimmer. Die Stimmen klangen jetzt aggressiver, zwei Männer schienen aneinandergeraten zu sein, dazwischen die Frauenstimme, die zu beschwichtigen versuchte. Plötzlich schrie jemand auf, und Wolfenberger hörte einen dumpfen Schlag gegen die Wand. Wolfenberger saß reglos im Bett und horchte, mit beiden Händen umklammerte er die Decke. Vor dem Zimmer war es still. Er tastete nach dem Telefon, das auf dem kleinen Tisch neben dem Bett stand. Im Dunkeln konnte er die Ziffern nicht erkennen, doch Wolfenberger wagte nicht, das Licht einzuschalten. Der Lärm vom ersten Stock musste auch an der Rezeption zu hören gewesen sein, sicher würde gleich jemand hinaufkommen. Auf dem Flur flüsterten Stimmen, dann war ein Schleifen zu hören. Und stöhnte nicht auch jemand?

Endlich hörte Wolfenberger den Aufzug, sicher käme jetzt der Nachtportier. Die Aufzugtüren glitten mit einem leisen Sirren auseinander, dann hörte es sich an, als würde etwas Schweres in den Aufzug geschleift. Die Türen schlossen sich wieder und der Aufzug schien nach unten zu fahren.

Es war jetzt ganz still.

Wolfenberger lauschte in die Dunkelheit und bewegte sich nicht.

# Frau Dr. Sommer

Wie eine Königin schreitet sie durch die Menge.
Der Menschenstrom teilt sich vor ihr, rechts und
links fluten die anderen an ihr vorbei. Sie tragen
Rucksäcke, steuern ihre Koffer zielstrebig zu den
Gleisaufgängen, tragen ihre Mappen und Laptop-
taschen wie Insignien der Zugehörigkeit, sprin-
gen vor ihr zur Seite, manche mit einem
erschreckten Blick, manche lässig und gleichgül-
tig oder mitleidig schauend.

Die Menge teilt sich vor ihr und strömt an ihr
vorbei, doch sie hebt nicht die Hand, wie es eine
Königin täte. Sie schiebt ihren Einkaufswagen
mit den schmutzigen Taschen und überquellen-
den Tüten vor sich her, bleibt stehen, sieht den
Vorüberströmenden zu, geht weiter. Bleibt an
einem Abfalleimer stehen, durchwühlt die verschiedenen Fächer, Plastik, Papier, Restmüll, heute nichts Brauchbares dabei, schiebt ihren Wagen
weiter.

Die Alte, die Pennerin, die Arme. Ja, das denkt
ihr, wie? Nein, ich bin die Königin. Sie sieht die
anderen an, mit festem Blick. Manche rümpfen
die Nase, wie im Reflex, wenn sie an ihr vorbei-
hasten.

Oh, wenn ihr nur wüsstet. Ihr Armen, ihr Ab-
gearbeiteten, ihr, die ihr eurem kleinen Leben
hinterherrennt. Wenn ihr nur wüsstet, wie ich
einst Teil von euch war. Mit Kostüm, Laptopta-
sche und Bahnticket erster Klasse. Wie ich mit
euch durch die Bahnhofs- und Flughallen ström-
te, wie ich wie ihr an einem Schreibtisch saß, mit
Vorzimmer, mit Sekretärin, wie ich mich wichtig
fühlte, verantwortlich, etwas beitragen wollte,
etwas gestalten. Die Abteilungsleitung bekam ich,
die Versicherung hielt große Stücke auf mich,
Dienstwagen, Bonusregelung, alles dabei. Ja, seht
ihr, ich gehörte zu euch.

Die Arme, die Alte, die Pennerin? Aber nein,
nicht doch, ich bin die Königin. Ich bin die
Königin der Freiheit. Seht ihr das nicht?

Irgendwann änderte sich etwas, es gab neue
interne Richtlinien, es ging darum, die Ansprüche
der Versicherten abzuweisen, die Versprechen
nicht mehr einzuhalten. Auch wir stehen im Wett-
bewerb, Frau Dr. Sommer, auch wir.

Nicht alle halten ein jahrelanges Prozessieren
aus, manche geben einfach auf oder versuchen es
erst gar nicht, sie können es nicht fassen, dass sie
jahrelang gezahlt haben, sich abgesichert glaub-
ten, dann der Unfall, die monatelange Reha, das
berufliche Aus, doch wenigstens hatte man ja eine
Versicherung. Sie war Abteilungsleiterin, sie

musste nicht viel mit den Bittstellern telefonieren, dafür gab es die anderen. Nur einmal drang jemand zu ihr durch, die Frau weinte am Telefon, sie sagte, sie könnte nicht mehr, es sei doch ein großes Unrecht, was die Versicherung mache.

Das wissen Sie doch, sagte sie am Telefon, das wissen Sie doch. Und Sie spielen da mit.

Recht oder Unrecht, darum ging es doch längst nicht mehr, die Kategorien hatten sich verschoben. Ich bin Frau Dr. Sommer, die Karriere gemacht hat in einer Männerabteilung, sagte sie sich jeden Abend, als sie zu Hause saß. Ich kann gestalten, bewegen, Dienstwagen, eigenes Vorzimmer. Und trank das dritte Glas Wein oder das vierte. Dann rief diese Frau noch einmal an, Frau Dr. Sommer herrschte ihre Sekretärin an, dass sie sie überhaupt durchgestellt hatte. Und trank abends die ganze Flasche Wein, saß noch an irgendwelchen Unterlagen, einer Präsentation für den Vorstand, der nächste Sprung auf der Karriereleiter wäre noch möglich, sie müsste sich nur anstrengen. Dann rief die Frau nicht mehr an, die Sache hatte sich erledigt, durch Suizid. Nehmen Sie das nicht so schwer, sagte ihr ein Kollege, das ist mir auch schon passiert. Da kann man nichts machen, jeder ist seines Glückes Schmied.

Abends stand sie unter der Dusche und ekelte sich vor sich selbst.

Die Menge teilt sich vor mir, ich schreite sie ab wie eine Königin. Ihr habt es noch nicht geschafft, einfach auszusteigen, ihr rennt noch an eure Schreibtische wie die Lemminge, ihr seid gute Herdentiere. Ich bin eure Königin, merkt ihr das nicht?

Frau Dr. Sommer hat ein Suchtproblem. Ach pah, wer hat das heute nicht? Das könnt ihr mir nicht anhängen, hört ihr, das lasse ich mir nicht gefallen. Da steige ich lieber aus und werfe euch den Kram vor die Füße, das habe ich nicht mehr nötig, mich jeden Tag hier herzuschleppen. Und jede Nacht von der Frau zu träumen, von der ich nur die Stimme kennengelernt habe. Und mich vor mir selbst zu ekeln. Da gehe ich einfach und komme nicht wieder, kein langer Kündigungsschutzprozess, keine Abfindung, ich gehe einfach und komme nicht wieder. Das hättet ihr nicht für möglich gehalten, wie? Die Pennerin, die durch den Bahnhof schlurft und im Mülleimer wühlt?

Oh, nein, ich bin eure Königin, seht ihr das nicht? Ihr seid mein Volk, ihr tut eure Dienste, die man euch aufträgt, geht nur, lauft nur, verpasst nicht den Anschluss, kommt nicht zu spät.

Da hebt sie die Hand, nimmt sie vom Griff des Einkaufswagens, und winkt in die Menge.

Einige der Kurzgeschichten sind in folgenden Literaturzeitschriften und Anthologien erschienen:

*Am Nachmittag,* in: Am Erker – Zeitschrift für Literatur, Münster, Nr. 69/2015  *

*Ankommen, auf:* zugetextet.com - Feuilleton für Poesie-Sprache-Streit-Kultur, Dezember 2016 (URL: http://www.zugetextet.com/?p=2036)

*Buizid,* in: Federwelt Nr. 45 April/Mai 2004  *

*Das letzte Picknick unter dem Titel Am Flussufer, in:* 500Gramm – Journal für Literatur und Graphik, Bonn, Nr. 8/2013  *

*Frau Dr. Sommer,* 2015 auf der Shortlist beim Goldstaubwettbewerb der Autorinnenvereinigung e.V.

*Gruß in die Heimat,* in: Konzepte – Zeitschrift für Literatur, Neu-Ulm, Nr. 34/2015

*Hühnchens Rache,* in: DUM – Das Ultimative Magazin, Langenlois, Nr. 57/2011  *

*Meine Großmutter fuhr Motorrad*, in: Sterz – Zeitschrift für Literatur, Kunst und Kulturpolitik, Graz, Nr. 103/2011  *

*Mirjam*, in: Andere Liebe. Ein Kopfkissenbuch, hgg. von Gerhild Tieger, Autorenhaus Verlag, Berlin 2016

*Sonntag*, in: LIMA – Literaturmagazin des Bundesverbandes junger Autoren und Autorinnen, Bonn, 2008/2010  *

*Vor der Tür*, in: Die Sachensucherin – 55 kurze Geschichten, Klartext Verlag, Essen 2015

Die mit * gekennzeichneten Geschichten sind als Taschenbuch unter dem Titel *Sunday* in einer deutsch-englischen Fassung veröffentlicht und überall im Buchhandel erhältlich.

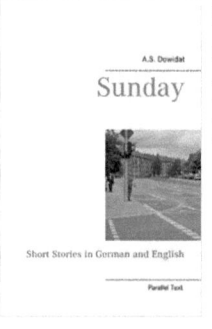

Sunday – Short Stories in German and English Parallel Text ISBN 978-3-7448-1729-5

*A.S. Dowidat,* geboren 1970 in Duisburg, lebt in Bonn. Sie studierte Theologie und Rechtswissenschaften und arbeitet als Klinikseelsorgerin.